CADERNO DE FÉRIAS

GRASSA TORO
ISIDRO FERRER

tradução
Livia Deorsola

baião

Este caderno de férias não é um caderno para
completar só durante as férias. É um caderno
para que as férias aconteçam quando você quiser
que as férias aconteçam.

Qualquer ser humano pode fazer estas atividades,
inclusive um adulto rabugento e de óculos.

Algumas atividades devem ser feitas com as mãos,
algumas, com os pés.
Outras devem ser feitas com o cérebro.
As mãos estão nas mãos,
os pés estão nos pés
e o cérebro é o que temos dentro da cabeça.

Algumas atividades só podem ser feitas uma vez.
Outras podem ser feitas duas mil quatrocentas
e vinte e quatro vezes, ou mais.

Quando você chegar ao final,
por favor nos diga adeus,
somos nós que estamos no barco.

Isidro Chapeleiro e Carlos Cafofo

Una os pontos para que o cavalo escondido apareça.

Recorte 1723 pelos de uma barba
e cole-os sobre os animais.

Bagunce esta imagem
até que ela se torne bem sem graça.

Sopre até o sapato secar ou até que pare de chover.

Qual dos três ciclistas da equipe da Bauhaus não vai ver as vacas na estrada?

Tente chegar à casa sem que o lobo escute seus passos.

Coloque os dois pares de óculos no pirata:
os pretos e os vermelhos.

Pinte a máscara de um jeito
que ninguém consiga te reconhecer.

Encontre os 700 erros.

Vista o gênio com a roupa
das sextas-feiras de outono.

Quantos macacos tem nesta floresta?
Quantas bananas estão disfarçadas de macaco?

Desenhe o submarino
que acaba de capturar o polvo.

O cavalheiro que está assustado se chama:
a) Peres.
b) Boris.
c) Chapeleiro.

Imagine como se vive no país dos Expressos
e dos Pingados.
É um país muito pequeno e tem muitos habitantes.

Desenhe no chão as linhas que saem
do piano e dance sobre elas como se
você fosse da família Cafofo.

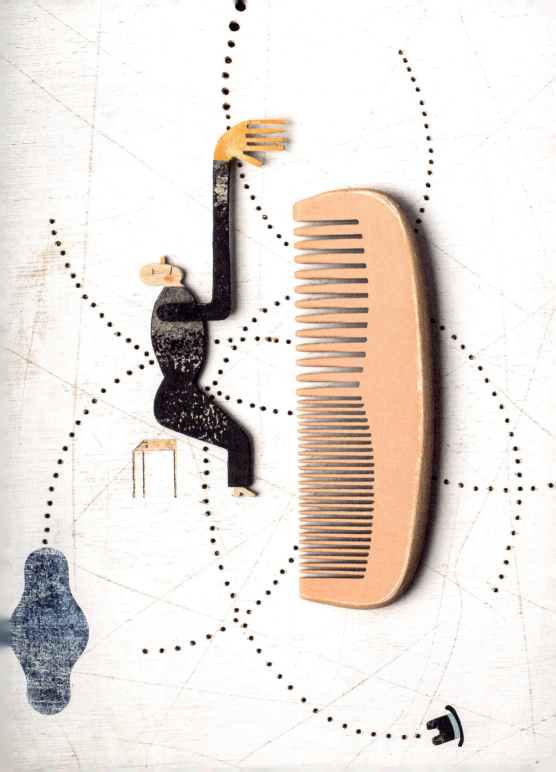

Para qual cômodo da sua casa
você levaria uma ilha deserta?
Experimente.

Classifique estes atores em três grupos:
os que fazem rir, os que fazem chorar,
os que fazem pensar.

Quem é a mãe desta família?

Quem é o filho que está no quinto ano?

Quem é o avô que foi marinheiro?

Introduza cada pensamento na cabeça que o pensa.

Recorte mãos como esta e dê tchau para os barcos que se vão.

GRASSA TORO nasceu em 1963, na Zaragoza espanhola. Escreveu e escreve peças de teatro, ensaios, contos, conferências, crônicas, tirinhas, algo de poesia, algo de canção. As crianças leem seus livros chamados *Una casa para el abuelo* (com Isidro Ferrer), *Una niña*, *Este cuerpo es humano* e *Fábulas morales de una vez para siempre*, entre outros. Morou na França, na Colômbia e agora vive em Chodes, Espanha, na La CALA, Casa de Criação e Pesquisa Artística.

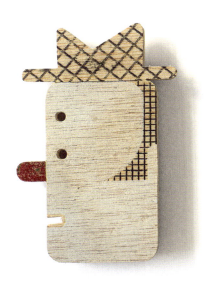

ISIDRO FERRER nasceu em Madrid, em 1963. Designer e ilustrador por *devoração*, é autor de dezenas de livros, centenas de cartazes, delicados objetos, enormes fachadas, curtas de animação, esculturas — não há suporte ou técnica que passem despercebidos por ele. Na Espanha, venceu o Prêmio Nacional de Design em 2002 e o Prêmio Nacional de Ilustração em 2006.

Cuaderno de vacaciones
@ texto, Carlos Grassa Toro
@ ilustrações, Isidro Ferrer

Todos os direitos desta edição reservados à Todavia.

Grafia atualizada segundo o Acordo Ortográfico da Língua Portuguesa de 1990, que entrou em vigor no Brasil em 2009.

edição — Mell Brites
assistência editorial — Laís Varizi
revisão — Jane Pessoa, Livia Azevedo Lima
projeto gráfico — Tragaluz editores, Isidro Ferrer
produção gráfica — Aline Valli
adaptação de projeto — Nathalia Navarro
indicação editorial — Flávia Bomfim

Dados internacionais de Catalogação na Publicação (CIP)

Toro, Grassa (1963-);
  Caderno de férias / Grassa Toro, Isidro Ferrer ; tradução Livia Deorsola. — 1. ed. — São Paulo: Baião, 2023.

  Título original: Cuaderno de vacaciones
  ISBN 978-65-85773-19-5

  1. Caderno de atividades. 2. Livros infantis. I. Ferrer, Isidro. II. Deorsola, Livia. III. Título.

                                           CDD 028.5

Índice para catálogo sistemático:
1. Livros infantis 028.5

Bruna Heller — Bibliotecária — CRB-10/2348

fonte — Quatro Slab, DIN
papel — Offset 150 g/m²
impressão — Geográfica

baião

Rua Luís Anhaia, 44
05433.020 São Paulo SP
t. 55 11 3094 0500
www.baiaolivros.com.br